KB120805

붉은 반함飯含

시작시인선 0367 붉은 반함飯含

1판 1쇄 펴낸날 2021년 2월 22일
지은이 박현
펴낸이 이재무
책임편집 박은정
편집디자인 민성돈, 장덕진
펴낸곳 (주)천년의시작
등록번호 제301-2012-033호
등록일자 2006년 1월 10일
주소 (03132) 서울시 종로구 삼일대로32길 36 운현신화타워 502호
전화 02-723-8668
팩스 02-723-8630
홈페이지 www.poempoem.com
이메일 poemsijak@hanmail.net

ⓒ박현, 2021, printed in Seoul, Korea

ISBN 978-89-6021-541-2 04810
       978-89-6021-069-1 04810(세트)

값 10,000원

*이 책 내용의 전부 또는 일부를 재사용하려면 반드시 저작권자와 (주)천년의시작 양측
 의 동의를 받아야 합니다.
*잘못된 책은 바꾸어드립니다.
*지은이와 협의 하에 인지는 생략합니다.

붉은 반함飯含

박현

천년의 시작

시인의 말

느릿느릿 사막을 건너는 낙타
똑같은 보폭으로
줄을 잡고 걷는 상인商人이 있어
두려움 없다

절대 암흑의 시간
함께 그림자 겯고
건너줄 이 누구

나의 죽음을 슬퍼할 이
오직 나.

차 례

시인의 말

제1부 숨겨진 뿌리

신간 안내 메일 ───── 13

숨겨진 뿌리 ───── 14

늦은 후회 ───── 16

슬픈 반성문 ───── 17

인어 이야기 ───── 18

어떤 부끄러움 ───── 20

맨발 ───── 21

내일, 내일? ───── 22

주윤발, 첩혈쌍웅 ───── 24

도려내다 ───── 26

일상日常 ───── 28

개조개 관자 ───── 30

문턱 ───── 32

연잎 연가 ───── 33

다 살아지리라 ───── 34

St. 개미 ───── 35

제2부 CLICK! CLICK! BANG! BANG!

절필絶筆 ———— 39

글 쓰는 자들에게 고함 ———— 40

허생을 기림 ———— 42

신체 주요 부위 ———— 44

똥에겐 미안한 똥 이야기 ———— 46

늙다 ———— 47

롯또롯데서울 ———— 50

삼 분三分 ———— 52

어밀레 ———— 54

하느님 전 상서 ———— 56

울다 ———— 58

CLICK! CLICK! BANG! BANG! ———— 60

헛된 꿈 ———— 62

모박현랑가慕朴賢郎歌 ———— 64

라떼별곡 ———— 67

붉은 반함飯含 ———— 68

나노스Nanos의 선 ———— 70

글 쓰는 자들에게 다시 고함 ———— 72

만약 ———— 74

제3부 열무김치

얼굴국 ──────── 77

열무김치 ──────── 78

문택이네 솖음 무김치 볶음 ──────── 79

수수팥단지 ──────── 80

호박김치 ──────── 81

나박김치 ──────── 82

예산 국수 ──────── 84

꺼먹지 ──────── 86

무짠지 ──────── 87

겨울 배추 얼절이 ──────── 88

마늘장아찌 ──────── 90

씀바귀 겉절이 ──────── 92

한겨울 식혜 ──────── 93

칼국수 곱빼기 ──────── 94

어묵탕 한 사발 ──────── 96

보리밥 ──────── 98

산채비빔밥 ──────── 100

계국지 유감 ──────── 101

제4부 청춘

삼경三更의 맛 ──────── 105

유네스코 세계문화유산 등재 예정 목록 ──────── 106

어떤 명사 ──────── 108

청춘 ──────── 110

소주병 ──────── 112

제 몫 ──────── 113

절실함에 대하여 ──────── 114

숨 ──────── 115

유심 ──────── 116

오월 ──────── 118

언어 ──────── 120

나무의 원관념 ──────── 121

뭉클 ──────── 122

꽃, 벗다 ──────── 124

두 삶 ──────── 125

해 설

남기택 눈물의 아비투스 ──────── 126

제1부 숨겨진 뿌리

신간 안내 메일

성주간 일요일 미사가 끝나 갈 무렵 신간 안내 문자를 받았다 6년을 매듭짓는 데 걸린 시간은 채 며칠이 되지 않았다 시간의 관 속에는 죽은 아버지와 아직 죽지 않은 어머니와 밥을 사 먹인 이와 밥을 앗아간 이에 대한 마음이 미끄덩거렸다 고해의 진액이 다 빠지기도 전인데 얼마나 더 질기고 더딘 고백을 해야 나는 관 속에 고요히 머물 수 있을까

하필이면 같은 날 다른 이의 신간 안내 메일도 도착했다 찬란한 시의 빛에 부끄러워 눈이 맵다 번쩍이는 언어를 문 귀신고래의 그림자가 동공을 덮쳤다 물살에 밀려난 나의 언어는 포자처럼 떠다니다가 마른 바위에 붙어 말라비틀어졌다 나의 언어를 긁어 건지러 온 아버지는 굴비처럼 늙었다 아버지의 밥상에 가난한 내 시는 찬거리가 되어주지 못했다 아버지와 나는 서로 가엾어졌다 아버지의 거북손이 등을 쓰다듬었다 괜찮다 괜찮다 괜찮다 등을 쓰다듬는 아버지의 손길이 아프고 부끄러웠다 늙은 아들은 신간이 떠다니는 바다를 바라보며 승냥이처럼, 울었다.

숨겨진 뿌리

열매가 맺혀야만

나의 봄은 허망하지 않은가요

잎으로만 살다가

흔적 없이 사라지면 서운한가요

가지로만 살다 부러져 말라버리면

제 삶을 살지 못한 걸까요

찰나의 빛깔은 가치 없나요

다시 꺼내지지 않을 계절의 냄새는 소용없나요

고개 든 꽃만이 아름다운가요

숨겨진 뿌리는 대견하지 않은가요

\>

칼끝 같은 빗줄기에 숭숭 찢어져

대궁만 남은 상사화처럼

너덜겅이 돼버린 시간을 건너는

나의 숨은 의미 없나요.

늦은 후회

문어는 닳아감이 두렵지 않아
옆에 선 이 생명의 은인 삼는다
검어졌다 희어졌다 빛이 바래도
제 본성 잃지 않고 의연히 산다
산사 가는 길가의 크고 작은 돌
나무를 건너뛰는 다람쥐 놈도
제 몫을 감당하고 당당히 산다

도무지 나란 인사 저만 못하여
나는 나일 뿐임을 자꾸 잊는다
내가 걸은 걸음 끝 남은 흔적이
얼마나 빛나는지 알려 않은 채
키 크고 번질번질한 사람 꼭 짚어
남의 빈주먹 크다고 부러워 운다

나는 나일 뿐이어서 그저 나인데
나는 단 한 번도 나인 나를
가여워하지도 사랑하지도 않았네그려.

슬픈 반성문

내가 자식에게 가르친 것이
독선과 몰염치뿐이어서
자식은 오직 책 한 권만 읽은
세상에서 제일 무서운 괴물로 자라났구나

같이하는 가치는 가르치지 않고
겸손한 배려는 보여 주지 않고
천천히 가도 된다고 말해 주지 않고
황금이면 모든 죄가 사해지는 신비를 가르쳐
신조차도 돈으로 매수하는구나

내 탓이요 인정하는 용기를 보여 주지 못하여
네 탓이요 핑계 대는 만능의 해법을 터득케 하고
선한 삶의 기쁨을 보여 주지 못하고
불평과 백안의 구척장신으로 길러냈구나

오직 일등만 사람대접하고
이등은 조롱을 먹이로 키운 죄로
나는 자식의 손에 숨을 잃고
자식은 더 큰 죄인으로 죽겠구나.

인어 이야기

여수 아쿠아플라넷에는
금빛 가발을 쓴 인어가 살아요
반짝이는 꼬리를 가진 인어는
부레를 등에 차고
물속을 오르내려요

유리를 경계로 맞선 환상
인어는 젖은 미소를 보내요
우리는 마른 박수를 쳐줘요

유리에 튕겨 나간 미소와 박수

우리는 건조하게 서있어요
인어는 축축하게 자유로워요

인어는 몇 번이나 자맥질해요
하나둘 관객은 떠나고
Блин*!
목소리를 제값 받고 팔기는 글렀어요

>
입장권의 유효 시간만 한
우리의 동화가 끝나 갈 무렵
불이 꺼지고
모두 거품으로 사라져버려요
여수 아쿠아플라넷에선
끝내 왕자를 만날 수 없어요

환상이 막을 내린 건물 후미에서
인어를 다시 만났어요
젖은 머리에 수영 슈트를 반쯤 내리고
삐딱하게 기대어 담배를 태워 문 채
김밥을 씩씩하게 씹어 먹는
왕자 따위는 필요치 않은 세이렌!

* Блин(블린): 러시아어로 '젠장'이라는 뜻.

어떤 부끄러움

아버지의 삼일장을 치르는 내내
부끄러웠다

성공하여 아버지의 이름을 빛내지 못한
서글픈 송구함
부자가 되어
세계 여행 한번 보내드리지 못한
주변머리 없는 무능함
다른 집 자식들은 너무도 쉽게 하는데
나와 나의 형제들에게만 지독히도 어려운
효도
자식의 도리를 다하지 못했다는
고급의 죄책감 때문이 아니라

아버지의 삼 일이 알려 준
민망한 생의 감각
슬프기보다 더 질기고 진득한
허기짐
수저를 들고 슬픔으로 가장한
돼지국밥을 퍼먹고 있는 나로 인하여.

맨발

길을 걸을 땐 마땅히
맨발이어야 한다
발바닥을 뚫고 척수에 다다른
뾰족한 미끄러운 둥근 끈적끈적한
생의 감각을 느끼기 위해

땅의 거죽이 따뜻한지 거친지
햇살로 데워진 웅덩이 물이 간지러운지
사금파리가 얼마나 날카로운지
양말에 가려진 발가락
구두로 무장한 발바닥으론 느낄 수 없으니

맨발로 걸을 일이다
조금 부끄럽지만 씩씩하게 걸으면
차갑다 시리다 쓰라리다
따뜻하다 부드럽다 매끄럽다
잊지 말아야 할 인간의 예의
인간의 감정이 맨발을 타고 오른다.

내일, 내일?

몸뚱이가 이리 많은 물을 머금고 있었구나
사뭇 놀라는 삼복염천에
처녀 불알도 판다는 홈쇼핑 채널에서
역逆시즌 특가라나
오리털 잠바며 모피 코트 따위의 겨울 물목을
좌대 한가득 늘어놓고 팔기에
틀림없이 도래할 겨울에 입을 만한 것이
무에가 있나 들여다보다
불현듯,

만날 발행되는 신문의 부고란이 생각났다

내일의 곡식을 줌줌이 모아두고
모레 신을 양말목을 반듯하게 집어
장롱 서랍에 사뿐사뿐 개켜두고
떠나기 억울하지 않았을까
단정하고 차분한 내일을 두고
부고의 주인은 오늘을 어떻게 떠나갔을까

그것 보아, 내일은 다 소용없는 짓일세

어떤 이는 장탄식에
눈물로 허리를 구부려 오늘을 볼 터

그이의 눈이 오늘에 머물지 않았으니
마음 또한 내일을 준비하고 있었구나
어떤 이는 상비常備의 대견함을 상찬할 터

어떠한가요 그대는

밤은 낮으로 내달리고
낮은 밤으로 질주하는데
그대의 오늘은
내일을 만나기 위해 질주하는가요
헤어지기 위해 내달리는가요

내일을 모르는 몸뚱이
드리운 그림자는 해 아래에 있을 뿐인데.

주윤발, 첩혈쌍웅

당신을 처음 만난 것은 유성 시장 초입의 다방이었지요 티켓을 따라 흘러온 레지의 치마 속을 흘깃거리다가 금성사 텔레비전 안에서 긴 코트를 휘날리며 쌍권총을 쏘아대는 당신과 조우했지요 공허하게 그날 밤 몽정을 했을지도 몰라요 아름다운 푸른 나라를 꿈꾸던 열아홉, 영웅이 되고 팠던 소년의 첫

꿈을 팔러 찾아간 밤무대 가수를 기억하나요 당신이 쏜 총알로 장님이 되어버린 후 티켓처럼 거리를 떠다녔어요 당신을 원망하지 않은 채 볼 수 없기에 볼 수 있는 눈을 되찾는 길은 당신이 더 붉고 차가운 피를 흘리는 것이지만 그러기엔 당신은 너무 따뜻했어요 심장이 뛰면 타깃의 초점이 어긋나니까요

당신, 이제는 뛰지 말아요 내 꿈을 살 능력이 없어진 당신은 더 이상 영웅이 아니에요 바바리코트와 입에 문 성냥개비와 까만 레이밴 선글라스도 나를 설레게 하지 못하니 당신을 동경하지도 아름다운 푸른 나라를 꿈꾸지도 않아요 다방 레지만큼 어른이 되어서야 알았어요 더 이상 영웅은 없어요 당신은 돈에 팔려 할리우드로 떠났고 나는 삶에 팔

려 거리를 떠돌 뿐이죠

　우연은 필연보다 더 막강한 힘을 발휘하지요 우리가 만
난 열아홉이 그랬는지 몰라요 이제 난 우연의 당신을 잊었
고 원망하지 않아요 신이 나의 의지를 묻지도 않은 채 삶의
방향을 틀어버렸기 때문이에요 다만, 언젠가 흰 비둘기 떼
날아오르는 성당에서 우연히 만난다면 쓴 소주 한잔 나누어
마시길 소망해요 절뚝거리던 우리의 청춘과 욕된 거리에서
야비하게 살아남은 무용담을 이야기하며.

도려내다

견딜 수 없는 두통을 도려내려
시린 칼 한 자루를 샀다
머리를 냉동고에 넣어뒀다가
조심스레 뚜껑을 따냈다
고통의 핵에 맞닿은
칼이 몸을 뒤틀 때마다
사각사각,
끈질긴 과거가 베어져 나갔다

뇌 이랑 틈틈이 가시처럼 박혀 있다가
머리를 빠개버리고 싶도록 괴롭히던 통증
타이레놀 한 주먹으로도 해결되지 않던

그리움이랄지, 연민이랄지,
진심이랄지, 희망이랄지,
믿음이랄지, 사람 따위의

일사천리로 뇌회腦回에서 분리된 단어들
기억을 기록하지 못한 뇌는
한낱 유기물질로 버려져도 좋으니

칼질은 프로페셔널하지 않아도 좋다
황홀한 비릿함을 즐겨도 이제 괜찮다

찰나,
두려움 없이 잘리던 뇌가 녹아내리고 있어
심장이 발작을 일으키고 있잖아
칼을 밀어내는 경직된 근육
울컥울컥 쏟아지는
저, 저, 저 붉은
그리움, 연민, 진심, 희망, 믿음, 사람

아뿔싸, 심장을 먼저 얼렸어야 했음을
놓치고 말았다 칼을
내리꽂는 순간
삐━━━━━━━━━━━

쉿! 이제 고요다
그런데 왜 눈물은
마르지 않는 걸까?

일상日常

　신새벽 앰뷸런스가 호들갑을 떤다 앞집이 소란하다 집에
사람이 살았던가 마주칠 인연을 만들지 않는 것은 도시에
사는 근대인의 불문율이다 짜증이 왈칵 밀린다 제길 빼앗긴
새벽잠을 어디서 보상받을 수 있는 건가

　불쌍해 쥐처럼 아내가 말을 갉았다 기러기였대요 애들 좋
은 환경에서 공부 가르치고 싶은 건 다 같은 부모 맘이잖아
요 아내가 젖는다 불상은 절에 가면 널린 거고 바다 건너가
좋은지 살아봤나 지근거리에 아는 놈이 마누라 새끼들을
바다 건너로 보냈겠지 저도 그 못지않은 능력이 있다고 뼈
기고 싶었을 게고 본디 사내란 놈들은 불알 크기로 처지고
싶지 않은 족속들이니 제 누울 자리도 모르고 홧김에 서방
질한다고 훌렁 팬티를 내렸겠지 그래 봤자 쪼그라든 탱자만
도 못한 것 달랑거릴 주제에

　개별자로 와서 개별자로 살다가 만났잖아 우리 그게 운
명이든 우연이든 상관없이 서로에게 짐 되지 말고 힘 되며
살자고 만났잖아 내가 우주에서 지구로 온 것은 자식들 뒤
치다꺼리하다가 굶어 죽기 위해서가 아닌 것처럼 당신이 지
구에 꽃으로 피어난 것도 마찬가지잖아 그러니 당신이 바람

이고 구름이고 이슬이고 달빛이면 나도 바람이고 구름이고
이슬이고 달빛이잖아

　바람이 바람다운 것은 구름과 함께 있기 때문이야 구름
이 아름다운 건 이슬이 곁에 있기 때문이지 그러니 헤어지
지 말아 식구란 한솥밥을 나누어 먹는 사이래 그러니 찬밥
따로 먹지 말아 이슬이 반짝이는 것은 달빛이 있기 때문이
고 달빛이 이슬이 구름이 바람이 어여쁜 까닭은 같이 있기
때문이잖아

　그런데 여보, 인연도 없는 앞집 일에 헐떡거리지 말라
고? 혼자 죽은 앞집 남자, 그이도 우리에게 바람이고 구름
이고 이슬이고 달빛이었을 텐데? 아 몰라, 모르겠어 남의
집 신경 쓰지 말고 남은 잠이나 마저 자 졸려.

개조개 관자

우리 사는 곳
통증 범벅인 갯벌 속
탐욕의 찌꺼기 잘못 들이켜
사레들릴지언정
지친 삶의 쉿소리 쿨럭쿨럭 날지언정
저 개조개만큼은 살아야 하지 않나

끓어넘치는 바다 끝
바다가 말아먹은 서방 대신
그이 피 이어받은 무서운 입들 있으니
갈고리 같은 손끝으로
갯벌 뱃구레 찢어발기어 찾아낸
개조개 한 알만큼은 살아야 하지 않나

끓는 맹물에 내던져져
앙다문 두 입 맥없이 열린다 하여도
무쇠 솥뚜껑같이 깨지지 않는
질긴 생의 까닭들
쩍 달라붙어 끝끝내 버티어내는
개조개 관자만큼 살아야 하지 않겠나

>
껍데기만 남아
밟히어 으깨지고 부수어져
마침내 먼지가 될지라도
개조개만큼 살아야 하지 않나
개조개 관자만큼은 살아야 하지 않나.

문턱

열흘만 앓다 죽었으면 좋겠다

세상에 둔 미련 때문이 아니라

남은 이들이 문턱을 넘을 준비를 할 만큼

시간을 주고자 하는 것

그것이 염치임을 잘 아는 까닭에

바닥에 공손히 머리 조아려

이마 맞춤할 높이의 문턱만큼만

앓다 헤어질 수 있다면.

연잎 연가

다음 생이 있다면

연잎 되리라

꽈르릉꽈르릉 떨어지는 하늘의 물창

알몸으로 맞받느라 너덜너덜

해어진 플라타너스 잎사귀 말고

연잎 되고 싶어라

초음속으로 내던져진

하늘의 물화살

온몸으로 받아안아 궁굴려

또르르 또르르

무화시키는 우주의 자궁,

저 무궁의 힘이여!

다 살아지리라

스무 살의 봄은 매웠다
막걸리 동산에서
시인의 꿈을 꾸던 동기가
삶은 살아가는 것이 아니라 살아지는 것이야
제법 어른스러운 말을 흉내 냈을 때
우리는 모르고 있었지
살아지는 것은 사라지는 것

지천명의 오늘
시인 친구의 말이 떠올라 맵다
그래, 살아지고 있구나
용기와 정의 대신에
비겁과 굴종만 남기고
자비와 연민 대신에
이기와 탐욕만 남기고

그래, 우리는 사라지고 있구나
불쑥불쑥 찾아드는 부끄러움 잊고
세상의 수모와 맞서지 않고
세상의 비굴과 대적하지 않고
외면의 용기를 홀로 배운 채.

St. 개미

느릿느릿
제가 낼 수 있는 가장 합당한 속도로
제 몸집보다 더 큰
지구를 굴리고 가는 저 울력
성스러움은 느리게 몸을 끄는 것

살아있는 입보다
더 무서운 것은 없기에
차곡차곡
수레가 견딜 수 있는 가장 최선의 무게로
어금니를 깨물고 오늘 다 써야 하는 힘을 짜내어
어마어마한 삶을 끌고 가는 저 노파처럼.

제2부 CLICK ! CLICK ! BANG ! BANG !

절필絶筆

스스로를 바보라 부른 사제가 있었다

그를 따라
자신을 바보라고 한 시인이 있었다!

바보는 제가 바보라 부른다고 불릴 것이 아니라
바보로 살다가 바보에게 돌아간 이에게
세상의 입이 한마음으로 그를 기리고 기다리며
슬퍼할 때 얻어지는 이름임을
몰랐던 그자는 진짜 바보 아닌가!

권력의 지하에서
갓끈을 고쳐 매던 밥보여
세상의 바보를 욕되게 하지 말라

들을 귀 있는 자 들을지어다.

글 쓰는 자들에게 고함

어린 백성이 글자 깨치는 것을
득세하던 양반들이 악을 쓰고 막은 까닭은
무지렁이들이 글자를 깨쳐 글을 읽으면
사물의 궁리를 다 알게 되어
저희들 입맛대로 세상을 주무르지 못할까
저어하였던 까닭이지

무릇 글자는
살리기도 죽이기도 하는 힘이 있어서
글자 부리는 자들은
정신을 호랑이 눈빛처럼 차려야 하지

요새 글 쓰는 자들은
글자 부리는 것이 얼마나 두려운가
깨닫지 못하고 싸지른다
제 글이 세상에 어떤 그림자로 남을까
생각하지도 않고 뱉어낸다
글이 제 정신을 비추는 거울임을
알지 못하고 짖는다

>
바른 것과 그른 것
반듯한 것과 구부러진 것 분간하지 못하고
참인지 거짓인지
선한지 악한지 따져보지도 않고
진실과 공평은 천한한 자본에 팔아넘기고
사회 정의감은 비루한 권력에 팔아치우고
망나니가 귀두도鬼頭刀 휘두르듯
글자 아는 죄를 짓는가

그 칼 네 목 칠 터
그 죄 어찌 받으려고
그 죄 어찌 씻으려고.

허생을 기림

몰락한 양반의 후손으로
제법 총명한 두뇌를 지닌 그대
사내 맘 긁는 마나님의 도발에
매점매석의 장사치로 명망 떨쳤구나
사과 배 말총 물목 독과점하여
양반님네 헛배 바람 터뜨려 주니
가난한 민초 박수받아 마땅하구나
양반 주제 장사치라 염치를 알아
헛바닥 두 개인 난전 것들 따를 수 없네
세상의 모든 물목 독점하여도
쌀만은 매점매석 절대 금하니
그 큰 뜻 알 리 없는 수하의 불평
추상같은 호령으로 함구케 하네
쌀은 백성의 생명이니 손대지 말라

허생이 죽은 지 수천 년인가
돈만 되면 제 자식에 제 아내
볼품없는 저까지 덤으로 얹어
제값보다 후려치기 급급하구나
돈만 벌 수 있다면 염치가 대수

남의 고통 슬픔 따위 아랑곳없이
독과점 전매 사재기 리셀resell
돈의 종놈 돈의 악귀 스스로 되어
사람살이 포기한 추악한 인생들
허생의 냉철한 이성 바라지도 않아
다만 사람의 도리 알아 살기 바랄 뿐
돈에도 얼굴 있음 알 날 있을까.

* 박지원의 소설 『허생전』과 오영진의 희곡 『허생전』에 기댐.

신체 주요 부위

모 신문이 보도하길
모년 모월 모처에서 모모가
신체 주요 부위를 만지고 내보였다는데

신체 주요 부위라 함은 우리 몸뚱아리에서
그 기능이나 역할이 매우 중차대한 부위라는 말일 터
신체에서 중요하지 않은 부위도 있더란 말인가

머리인가
눈인가
코인가
입인가
혀인가
손가락인가
발가락인가

신체 주요 부위는 과연 어느 부위인지라
익명의 감옥에 갇혀있는가

손을 보고 놀랐다거나

발을 보고 비명을 질렀다는 사람은

본 적이 없으니

신체 주요 부위는 무섭고도 혐오스러운 부위인가 보다

아무도 까발리지 않고

음습하게 숨겨 두어 더 퀴퀴해지는

말단의 언어들이여.

똥에겐 미안한 똥 이야기

어떤 제국주의자의 똥을 날름 집어 먹고
제 똥인 양 생똥을 은밀히 싸 갈긴
다 아는 이의 똥
냄새를 맡은 똥파리들이
집어 먹은 똥보다 새로 싼 똥의 구린내가 더 진득하니
새 똥은 먼저 똥과 아무 상관이 없다나 뭐라나

똥 싼 양반이나
그 똥 집어 자신 분이나
똥인지 된장인지 구분도 못 하는
늙은 똥파리들이나

파리 모기 박멸엔
에프킬라가 약인 법이다.

늙다

【동사】① 사람이나 동물, 식물 따위가 나이를 많이 먹다. 사람의 경우에는 흔히 중년이 지난 상태가 됨을 이른다
② 한창때를 지나 쇠퇴하다
③ 식물 따위가 지나치게 익은 상태가 되다
④ 제 나이보다 더 들어 보이다
⑤ 어떤 신분이나 자격에 맞는 시기가 지나다

이 '늙다'가 결계를 깨뜨렸다

'늙은'이들은
조실부모한 무녀리 걱정으로 늙어
제 자식이 왜 비정규직을 전전하는가는 무심하고
겨우 열아홉 소년인 제 손자가
쇠숟가락으로 허공의 허기를 채울 때
빚이 있어야 파이팅한다고 격려하고
물속 자식 시신도 찾지 못한 어미 아비의 피 울음은
좌익 빨갱이 시체 장사꾼들이
고깃값을 더 받기 위해 쓰는 악다구니라 일갈할 뿐

왜놈의 위안부로 끌려가 흰나비로 바스라진

단발머리의 소녀들 앞에서
내 딸이 당했어도
용서했으리라 악쓰던 '늙은'이
손녀의 앙가슴에 헐떡헐떡 침을 발라도
할아비의 회춘을 위해선 참아야 한다던
주옥같이 순한 '늙은'이들이여

미친개들의 시간은
도무지 늙지 않는구나

그러니 헬조선의 청년들이여
한창때를 지나 쇠퇴하기 전에
일어서라
그대들의 미래만은
이 '늙은'이들의
흔들리는 손가락에 맡기지 말라

그럼에도 망한민국의 청년들이여
신분이나 자격에 맞는 시기가 지나가거든
수그리라

그대가 젊어서 한때 지녔던
수오지심羞惡之心 잊지 말라.

롯또롯데서울

온 세상이 같은 말을 하고 같은 낱말을 쓰고 있었다 사람들이 동쪽에서 이주해 오다가 신아르 지방에서 한 벌판을 만나 거기에 자리 잡고 살았다 그들은 서로 말하였다 자, 벽돌을 빚어 단단히 구워내자 그리하여 그들은 돌 대신 벽돌을 쓰고, 진흙 대신 역청을 쓰게 되었다 그들은 또 말하였다 자, 성읍을 세우고 꼭대기가 하늘까지 닿는 탑을 세워 이름을 날리자 그렇게 해서 우리가 온 땅으로 흩어지지 않게 하자(창세 11,1-3)

세계서 제일 비싼 용산 '트리플 윈'
세계 두 번째로 높이 올라간다
620m 111층으로 상향 조정
국내 최고 빌딩 2016년 완공(조선일보, 2011년 11월 28일 월요일 2면)

그러자 주님께서 내려오시어 사람들이 세운 성읍과 탑을 보시고 말씀하셨다 보라, 저들은 한 겨레이고 모두 같은 말을 쓰고 있다 이것은 그들이 하려는 일의 시작일 뿐, 이제 그들이 하고자 하는 것은 무엇이든 못할 일이 없을 것이다 자, 우리가 내려가서 그들의 말을 뒤섞어 놓아, 서로 남의

말을 알아듣지 못하게 만들어버리자 주님께서는 그들을 거기에서 온 땅으로 흩어버리셨다(창세 11,4-9)

　　최종 부도 처리 이후에도 한 무리의 노예들은 새 성읍을 세우는 일을 그만두지 않았다 노예들의 주인은 새로 난 성읍의 이름을 롯또롯데서울이라 하였다 그림자를 밟고 선 노예들은 자물쇠로 잠근 대문 앞에서 성읍의 주인인 양 스스로 대견해 하였다 한 걸음 떨어져 선 주인들이 열쇠를 들고 비웃는 줄도 모른 채.

삼 분三分

삼 분은
당신의 입맞춤에 입술이 녹아
벙어리가 되기 충분한 시간
당신의 눈빛에 눈동자가 멀어
청맹이 되기 넉넉한 시간

그러나 열아홉 소년 노동자의 삼 분은
한 끼니의 식사를 위해
기름 전 장갑을 벗을
틈조차 허락되지 않는 시간
사발 라면 한 가닥으로
언 위장을 덥히기도 촉박한 시간
비린 밥 한 덩이 식은 국물에 말아
후룩후룩 마실 겨를도 없는 시간

단 삼 분은
불법의 소년 노동자에게 주어진 합법의 시간
삼 분을 넘겨 사람들이 알아채면
하루의 품삯을 날려야 하는
자본주의의 시간

기름 냄새도 들키면 안 되는
유령의 시간
삼 분은 소년 노동자에게 유일한
사람의 시간

아, 그러나 삼 분은
그대를 기억하며
우리가 슬퍼한 시간
그대를 사람으로 끌어안지 않은
진공의 시간
열아홉 소년 노동자의 죽음을 잊은
비겁한 시간

삼 분은
우리가 기억하지 않으면
우리도 처참하게 잊힐 시간.

어밀레

종이의 원료는 펄프
거기에 짓이겨져 눌어붙은
소년 노동자의 알몸
그 종이 위에 함부로 휘갈기지 말라

철근의 원료는 철광석
거기에 태워져 재가 된
소년 노동자의 몸뚱이
그 칼 함부로 휘두르지 말라

당신의 차
당신의 도로
당신의 지하철
당신의 집
당신의 빌딩
그 어디에나 배어있는
소년 노동자의
눈물, 땀, 피

비바람 부는 날

귀 기울이면 들리는
어밀레 어밀레 어밀레라
짓이겨진 소년이
제 어밀 부르는 소리.

하느님 전 상서

하느님, 당신께서 지상으로 내려오지 않으시어
오늘 어떤 노동자가 다리 위로 올라갔습니다
6,470원의 최저 임금을 보장하라고
작은 천에 꾹꾹 눌러 적은 기도문을
당신 향해 펼쳤습니다
어떤 노동자는 타워크레인 위에서
밥을 먹고 똥을 싸며
살게 해달라고 빌고 있습니다
어떤 노동자는 송전탑으로 올라가
밥을 먹고 똥을 싸며
살게 해달라고 통곡합니다

부자들에게 둘러싸여
우리들의 기도가 들리지 않겠지만
부디 하느님
한 번만이라도 우리들을
가엽게 여겨 울어주면 안 되겠습니까
언제나 우리와 함께 있겠다고 약속하였으니
속 시원하게 나타나시어
세상의 불의를 쓸어버리는 것은 바라지도 않으니

하느님 나라의 공정을 보여 달라 조르지도 않을 것이니
정의와 평화를 우리에게 내어달라 매달리지도 않을 터이니

우리의 두려움 없애시어
하루에 한 끼 밥을 먹고
하루에 한 번 똥을 싸게
해주시면 안 되겠습니까, 정녕.

---

* 2017년 기준 최저 시간급 6,470원, 2020년 기준 최저 시간급 8,590원.

울다

우리는 점처럼 점점이 명멸하며 살다가
겉으로 볼 땐 다 둥글둥글해서
상처 따위는 하나도 없는 것처럼 살다가
너무 닮아서 도리어 무심하게 살다가
움푹 들어간 내 몸의 상처에
그대의 볼록 튀어나온 상처가 우연히 들어맞았을 때
마치 그대의 상처가 나의 상처인 양 운다

우리는 반듯한 선처럼 홀로 설 듯 살다가
겉으로 볼 땐 다 뾰족뾰족해서
위로 따위는 한 번도 받아본 적 없는 것처럼 살다가
서로 무심하게 지나치는 것이 큰 위로인 듯 살다가
부러지고 나서야 부러진 자리가
꺾인 자리와 서로 다르지 않음을 알고서야
그대도 나처럼 상처가 많았다는 사실에 운다

내가 알지 못하는 그대가
오늘 죽었다
우주의 이 끝과 저 끝에 서 있던
실낱같은 인연뿐이었지만

그대의 선명한 죽음 앞에서 운다
그대처럼 투명하게 살지 못해 부끄러워 운다
거짓 밝음에 숨겨졌던 그대의 참 밝음 앞에서 운다
단 한 오라기의 실수가 욕되어
죽음으로 고백한 용기 앞에서 운다
한 오라기의 실수를 견디지 않은
순결 앞에서 운다.

CLICK! CLICK! BANG! BANG!

살인의 도구로
칼과 총은 너무 클래식해요
피가 튀길 게 빤할 뿐더러
뒤처리가 얼마나 귀찮게요

적당히 믿음직한 불신의 마음 밭에
시기와 질투, 증오와 분노
열등감과 복수심을 훌훌 흩뿌려 두고
관음을 넉넉히 거름으로 내어두면
저절로 몸을 섞어 새끼를 쳐요

시공을 초월하여 분신하는
나 아닌 나
너 아닌 너
우리 아닌 우리
익명의 나, 너, 우리

아름다운 불신으로 좋아요
달착지근한 오해로 좋아요
해맑은 증오로 좋아요

은밀한 입이 열이면 진실 되니 좋아요

자, 준비되셨나요?

어차피 진실은 실체도, 아는 이도 없으니

Would you Kill with me?

OK! R U READY?

BANG! CLICK!

BANG! CLICK!

CLICK! CLICK! BANG! BANG!

헛된 꿈

킬 빌Kill Bill 같은 영화가 당기는 날이 있지 악을 응징하는 노란 쫄쫄이 핫토리 한조의 전설 검을 등에 메고 오토바이를 달려 도쿄의 밤거리에 핏물처럼 스며들지 크레이지 88 군단의 술집에 숨어들어 차례차례 오야지 오-렌 이시이의 책사 소피 패탈의 두 팔을 자르고, 겁대가리 상실한 일진 여고생 고고 유바리의 까진 관자놀이에 대못을 때려 박아 숨통을 끊어놓은 후, 수백 사내들의 발목을, 손목을, 발가락을, 손가락을, 오금을, 팔뚝을, 모가지를, 배때기를 자르고 베어버린 후 급기야 하얀 기모노를 입고 휘황한 칼 놀림을 보여 주던 오야지 오-렌 이시이의 교만한 머리 뚜껑을 단칼에 날려 버린 브라이드의 핏빛 깡!

비록 악녀였으나
크레이지 88군단의 두목 오-렌 이시이는
제 몸으로 건설한 조직을 수호하고자
명백한 자기 결정권으로
제 말을 듣지 않는 밤거리 사내들의 목을
사과알처럼 따냈지

문고리 안에 청맹과니 하나 앉혀 놓고

제 배 채우려 불알 깐 사내들

광화문 광장에 한 줄로 세운 후

내게도 핫토리 한조의 검 한 자루 있어

다 베어버리고 싶은 욕망

노란 쫄쫄이 운동복 기꺼이 입고

이 혼돈의 아수라

관 속 같은 현실을 깨부술 칼부림

피 칠갑도 서슴지 않을 분노

벼락같이 내리칠 수 있다면.

모박현랑가慕朴賢郎歌

나는 오늘

내가 죽었다는 부고를 신문을 통해 들었다

나는 충북 음성 꽃동네에서 나와 자립 생활을 하던 장애

인이었다

나의 나이는 33세였다

13살에 수용된 시설에서 16년을 살다가

늦잠을 자는 자유를 누린 지 겨우 6년

갑작스레 찾아온 폐렴으로 인한 합병증 때문에

나는 죽었다

라고 신문은 전했다

장애인들은 오래 살지 못한다. 9월 국립재활원 재활연구

소에서 발표한 '장애와 건강 통계'에 따르면 장애인 조사망

률(인구 10만 명당 사망자)은 2,164.8명으로, 전체 인구 530.8명

대비 4배나 높게 나타났다. 10대 미만 나이 장애인 조사망

률은 37.9배에 달했는데, 전체 인구에서 10만 명당 15.3명

이 사망할 때, 장애인은 580명이 사망하는 것이다. 자폐성

장애인 평균수명은 28.2세였다. (한국일보 2016. 12. 29.)

>

나는 평균보다 오래 살았구나 그럼에도
만일 갑작스럽게 폐렴에 걸리지 않을
따뜻한 방 한 칸이 있었더라면
나는 봄의 종달새를 한 번 더 노래할 수 있었겠구나
만일 내게 병원에 갈 돈이 있었더라면
나는 여름의 툽툽한 바람일지언정
시원하다고 감사할 수 있었겠구나
내게 나의 동방박사가 있었더라면
황금과 유향과 몰약이 아니더라도
그들의 따뜻한 온기를 느꼈더라면
한 번 더 성탄절을 맞을 수도 있었겠구나

나는 생전에 이런 말을 했단다
약자가 없어야 강자가 없다
약자 없는 평등 세상을 나는 꿈꾸었구나

그런데 어쩌면 좋으냐
강자가 되려는 나는
내가 죽었다는 소식에 무감하구나

나는 너무 많이 살았구나
나는 너무 오래 살았구나.

라떼별곡

나 지나온 삶 사금파리 고생길인데
그대 서있는 지금은 장등張燈한 꽃길이구나
내 갖춰 입은 의복은 신선의 도리인데
걸쳐 입은 그대 옷가지 주제 없는 사치로다
내 고개를 수그린 것은 우주의 섭리를 아는 바이나
그대 고개를 떨구는 것은 비겁일 뿐이라
사선을 뚫고 까라면 까고 나는 불가능을 몰랐는데
심약해 빠진 그대들의 노오오력 한심하기 짝이 없구나

뿜어낸 더운 숨이 악취인 줄 모르고
뱉어내는 더운 땀이 추악인 줄 모르네
찬밥에 물 말아놓고 더운 국 찾고
온돌방에 불 지펴놓고 부채질한다네
젊어서는 늙음을 손가락질하더니
늙어진 연후에 젊음을 시기하네
밖으로 뻗은 손가락 부끄러운 줄 아시어
부디 입 다물고 자중자애하옵시길.

붉은 반함飯含

짱깨라고 불러서 미안합니다
철가방이라고 얕보아서 미안합니다
조직에 들지 못한 일진 나부랭이
겨우 80cc 오토바이를 타고 다니는
노랑머리 양아치라 욕해서 죄송합니다

나는 3,200cc 체어맨을 타고 다니던 목청 큰 무역회사 사
장이었습니다 새벽이면 벌떡거리는 사내와 함께 일어나 오
대양 육대주를 누볐습니다 마누라와 자식은 압구정 대치동
을 누렸습니다 바쁜 끼니를 때우느라 부른 태화루 양아치
들에게 그리 살면 안 돼 사나이는 그리 살지 않아 호통치며
수표를 뿌렸습니다 그러다가 IMF를 때려 맞았습니다 사내
는 여전히 벌떡거렸지만 마누라는 자식을 데리고 도망쳤습
니다 나의 어머니조차 나를 떠났습니다 나는 오대양 육대주
대신 알콜의 바다를 귀신고래처럼 유영하였습니다

홍합과 오징어와 미더덕으로 육수를 내고
고운 고춧가루로 빛깔을 낸 붉은 국수
내 젊음의 빛깔 같은 짬뽕 한 그릇
당신이 베푼 반함이었습니다

염습殮襲도 수의襚衣도 없는 알몸
그래도 이승의 마지막 끼니로
저승길 배고프지 않게 반함하였으니
당신은 최고의 장의사였습니다
당신이 찾아오지 않았더라면
나는 잊히지 못하였을 것입니다

미안합니다
짱깨라고 불러서
철가방이라고 불러서
미안했습니다.

나노스Nanos의 선

국민학교 다닐 때
짝꿍 계집애한테 맘 상하면
책상에 가운뎃줄을 떡하니 그어놓고
넘어오면 다 내 것이라고 몽니 부렸지
그러다가도
쉬는 시간 고무줄 동무 모자라면
고무줄도 잡아주고
깨금발 잘 디디면 박수도 쳐주며 깔깔대다가
슬그머니 팔 내저어 선 지워버렸지

당신과 나는 너무 똑똑해져서
법원과 변호사만 분주하다
가난한 것들이 더 가난해지려고
부유한 변호사 강남 아파트 살 돈 보태주느라
그 집 자식들 유학비 내주고 용돈 채워주느라
선 넘기만 해라
어금니 앙다물고 종주먹 쥐어 허공 흔들며
두 발 앙앙히 굴러대다가
그도 저도 아니면
칼 들고 달려들어 닥치는 대로

>
분주한 거리 어깨 슬쩍 부딪혔다고 죽였다
좁은 계단 내려오다가 눈 마주쳤다고 죽여 버렸다
파지 줍는 할머니여서 술김에 죽여 버렸다
나는 슬픈데 너는 왜 행복하게 웃느냐 죽였다
기분이 나빴다 좋았다 섭섭했다 화가 났다 무시했다 욕
했다 쳐다보았다
　막장이 되어버린 오감의 끝
　그래서 죽였다 죽여 버렸다

　옛날의 선은 제법 후덕해서
　밟아 넘어도 조금 오래 살게 두었는데
　오늘의 선은 나노nano 수준이라
　스치기만 해도 잘려 나간다
　부모 자식도 형제자매도 사제지간도
　친구도 애인도 부부도.

글 쓰는 자들에게 다시 고함

강신무는
옥황상제 관우장군신 최영장군신 애기동자신
제 나름대로 모시는 신이 있어서
접신한 후 공수를 내리지
그 공수 아무리 영험하여도
제대로 선 무당이라면
사람 해치는 공수는 내뱉지 않는다네

모시는 신도 없는 주제에 책상에 앉아
시답잖은 필명 얻은 자 몇몇
글 쓰는 자의 바른 도리 아는 바 없이
글 쓰는 자의 곧은 양심 지닌 바 없이
제 붓끝이 세상을 어떻게 물들일지
제가 부린 글자들이 어떻게 세상 개칠할지
제 이름자만큼도 생각지 않고
제가 신탁을 내리는 무당이라도 된 양
제 기분 내키는 대로 글 싸지른다네

구부러진 펜으로 굽은 글 지은
죗값 치러야 하는 자의 최후

혓바닥으로 혹세무민하던
무당이 당한 군문효수의 최후.

만약

신약을 팝니다
불안으로 제조한 약입니다
가진 것 많으면 잘 듣습니다
가진 것 없어도 잘 듣습니다
비 오는 날 우산 장사를 하는 딸 둔 어머니에게 좋습니다
맑은 날 소금 장사를 하는 아들 둔 아버지에게 좋습니다
오래 살까 걱정인 젊은이에게 좋습니다
빨리 죽을까 걱정인 늙은이에게 좋습니다

자매품 우환도 있습니다.

제3부 열무김치

얼굴국

시금치밭 덮은 눈
싸리비로 살살 쓸어내어
언 땅에 박은 뿌리 칼로 끊어
가마솥에 된장 풀어 펄펄 끓이다
광천장사 아주머니한테 보리쌀로 산
주꾸미 씻어 넣고 한소끔 더 끓여 낸
한겨울 따끈한 주꾸미 시금치된장국 한 사발

장가든 후
신혼의 아내가 비명으로 끓여 낸 국
숭늉 같던 할머니와 아버지
바랭이 같던 할아버지와 엄마
수저질 서툴던 막내의 얼굴이 있다

다시는 맛볼 수 없는 얼굴국이다.

열무김치

자취하는 자식이 간장 밥 먹을까
품 판 돈으로 열무 사다 절여
마른 고추 물에 불려 설치게 갈아
마늘 파 등속 넣고
한가한 정성 대신
고단한 손맛으로 엄벙덤벙 버무려
객지로 떠나는 아들 손에 들려주던
무도 되지 못하는 열무김치

열무 되지 말고 무 되라는 발원으로
눈물 떨궈 버무린 오월의 열무김치.

문택이네 솎음 무김치 볶음

가을 무 솎아
넣은 듯 만 듯 고춧가루 버무려
이 곱게 익힌 솎음 무김치
들기름 넉넉히 두른 냄비에
바글바글 지져
도시락 반찬으로 잘 싸 오던 문택이
성품도 이름만큼 밝아서
얼굴 빛나던 어린 시절 내 동무

성큼 어른이 되고 나서
삶이 하수구처럼 텁텁할 때
불쑥 혓바닥을 일으켜 세우는
문택이네 솎음 무김치 볶음
고운 그 맛
순한 그 맛
지구 어디에서도 다시는 찾을 수 없는
내 어린 시절의 그리움 한 젓가락.

수수팥단지

맹물 같았던 할머니가
내 열두 해 생일까지 만들어 먹이던
수수팥단지
반죽한 수수 가루 한입 크기로 뒹굴려
끓는 물에 익혀 수수경단 마련한 후
붉은 팥 삶아 거칠거칠 돌절구에 찧어
꼭꼭 여며 입혀 빚은 생일 떡
유난히 손 느렸던 할머니가
귀신과 놀다 무릎 깨지지 말라고
동짓달 눈발 속에서 절구질하여 빚은 떡
할머니 닮아 맹물 같은 떡.

호박김치

늙은 호박은 순하지요
곱게 늙어서 그런 모양입니다

가을빛에 속까지 달아 익은
늙은 호박 껍질 벗겨
도톰하게 썰어
게장 국물 있으면 넣어도 좋고
없으면 새우젓으로 밑간 둘러
우거지 버무려 넣고 흠뻑 익혀
가마솥 귀퉁이
투가리에 쪄 먹는 호박김치

샛노란 호박김치
새큼한 호박김치
살캉살캉 씹히는 맛이 일품인 호박김치
먹고 나면 나도 호박처럼
뱃구레며 마음통이며
푸근하고 후덕한 호박김치.

나박김치

떡국에 가장 맞춤인 김치는
나박김치다
나붓나붓 저며 썬 무
무 크기로 맞춤 썬 월동 배추 속살
길이 맞춰 썬 쪽파 한 줌 마련하고
마늘 다진 것, 생강 조금은 베주머니에 넣어서
건지 귀퉁이에 박아둔다
고춧가루는 미리 물에 개어
면포에 걸러 국물 잡는다
젓갈 대신 간수 뺀 소금 간하면
비린 맛 입에 돌지 않아 개운하다
금방 먹을 땐 배나 사과 따위
오이 미나리 등속을 넣어도 좋지만
두고 먹기엔 깔끔하지 않다
세상이 발견한 단맛보다는
채수의 달큰함을 살려 담그면
잡맛이 입에 남지 않아 깨끗하다

엉겅퀴 같았던 어머니
명절에 돌아올 자식들 기다리며

나박김치 담글 때만큼은
선홍빛 국물처럼
순하고 고왔다.

예산 국수

10월 예산 장터에선 삼국 축제가 열립니다
국수, 국화, 국밥을 묶어 삼국입니다
좀 속 보이는 축제여서 낯간지럽습니다

엉겁결에 얄궂게 딸려 들어갔지만
예산은 국수가 명물입니다
쌍송 국수도 유명하고
버들 국수도 명성 있습니다
밀가루에 물과 소금만을 넣어 반죽하는데
더울 때와 추울 때 소금 양을 달리한다지요
정해진 레시피가 있는 것도 아니어서
주인장의 감각대로
충청도 감각대로 그까이 것
대강 대충 넣어 뽑아냅니다
서늘한 바람 쏘이고
투명한 햇볕에 말린 후
툭툭 분질러 마분지에 둘둘 말면
그제야 예산 국수다워집니다
발이 가는 소면보단
조금 굵은 중면이 훨씬 예산 국수답습니다

\>

10월 햇살이 비단 같던 날
사모관대 갖춰 입고 장가를 들었습니다
하객들 한 끼니로 대접한 음식은
마당에 건 솥단지에 예산 국수 삶아
고명 넉넉히 얹은 잔치국수였습니다
명 길게 오래 살라는 축원 덕분인지
그럭저럭 끊어지지 않고 살고 있네요.

꺼먹지

충청도
예산 서산에는
꺼먹지가 있어요
시퍼런 겨울 무청 거듬거듬 주워다
켜켜이 소금 뿌려 절여 두지요
김장 김치도 제맛을 잃어갈 때
사실은 간사한 입맛이 변해 갈 때
흠씬 절여진 무청 꺼내어 짠물 뺀 후
마늘 넉넉히 넣고
새우젓국 간하여
들기름 둘러 물컹하게 지져내면
머슴이나 먹게 생긴 몰골이나
왕후장상의 찬으로도 부럽지 않을 맛입니다

생김새대로만 따져 사는 세상에는
도무지 어울릴 것 같지 않은 꺼먹지.

무짠지

김장 잡도리 다 마치고
제멋대로 생긴 무 주워다
소금에 굴려 차곡차곡 넣고
볏짚으로 덮어
광 귀퉁이에
잊은 듯 버려두었다가
해 바뀐 여름
더위가 입맛마저 태워버렸을 즈음
곱게 채 쳐 찬물에 짠 기 빼고
밑간 두른 맑은 물에 담가 건져 먹는 무짠지

오직 소금과 시간이 빚어낸 맛
간간하게 투명한 맛
심심하고 순박한 맛
시간이 아무리 지나도
내게서는 나지 않을 맑은 맛.

겨울 배추 얼절이

지난 가을 간택되지 못하여
동무도 없는 빈 밭에서
겨우내 눈 맞고 비 맞고 얼었다 녹는다
칠삭둥이 발로 밀어 윗목에 두듯이
눈 밖으로 쫓아내 버려둔 무녀리들
공동묘지 애무덤처럼 띄엄띄엄
눈 뒤집어쓰고 서있다
길 가까운 자리의 것은 툭 차여
쇠여물로 쓸려 들어가지만
그도 저도 쓸모없으면
제 풀에 숨 놓아 녹아내린다

음력 설 지나 김장에서 군둥내 나기 시작하면
눈밭의 무녀리 뽑아다 얼절이 버무린다
휘청거리는 겉잎 걷어내고
노랗게 영근 속잎 골라 칼로 쳐
숨 살려 생뎅이로 대강대강 버무리면
아삭아삭 씹히는 소리 귀를 씻는다

버려진 주제에 주저앉지 않아서

제 쓸모를 당당히 찾아냈구나
주저앉은 것들 또한 당당하여라
제 몸 삭혀 흙의 기운 북돋우리니.

마늘장아찌

하지夏至 전 캔 마늘로 장아찌를 담가요
통마늘을 숭덩거려
게으르게 담가도 되지만
먹을 때 편하려면 알마늘로 담가요
식초와 소금을 넣은 맑은 물에
알마늘을 잠가 열흘 남짓 두어요
아린 맛이 빠질 즈음 건져낸 마늘에
간장과 식초와 단것 넣고 한소끔 끓여
한 김 가시고 나면 부어두어요

깎아놓은 밤톨같이 뽀얀 맛
알싸하고 들큰한
짭짤하고 새콤한
아삭아삭 이 사이에서 제 몸 바수어
소리까지 청량한 맛

얼마나 깊은 산도酸度의 식초에 몸을 담가야
내 몸의 푸른 독이 모두 빠질까요
얼마나 진한 당도糖度의 설탕에 몸을 절여야

내 말의 붉은 녹이 모두 빠질까요

묵히면 묵힐수록 순해지는 마늘장아찌.

씀바귀 겉절이

봄이 깊어져
냉이도 꽃대를 세워 성을 낼 즈음
밭두렁 언저리엔
씀바귀가 지천입니다
다투어 몸을 늘린 씀바귀 도려다가
겉절이 양념으로 털어 버무리면
한 끼니 그럴 듯한 반찬 되지요

몸뚱이가 뱉어내는 쓴맛이
입안 가득 들어찰 때마다
삶이 이렇게 쓴 것일까요
사람이 이렇게 쓴 것일까요
겨우 푸성귀 주제에
세상 이치 쓰게 가르치는
엄한 스승 따로 없습니다.

한겨울 식혜

베주머니로 엿기름 밭쳐 거른 밑 국물에
시루에 안쳐 쪄 낸 고두밥 풀어 버무려
보온밥통에 부어 서너 시간 놓아두면
뽀얀 밥알 이팝꽃처럼 피어오른다
밥알만 따로 건져 찬물에 두어야
갈앉지 않고 수줍게 뜬다
남은 국물에 설탕 넣어
한소끔 끓여 식혀 두었다가
건져둔 밥알 한 숟갈 띄우고
잣 대추 고명으로 얹어 낸다
겨울에 먹어야 제맛이다
뼈마디 덜그럭거리도록 추운 날
밤길 더듬어 화투 치러 온 동네 아낙들
고단한 하루 위로하기 제격이다

얼마나 삭고 삭아지고 삭혀지면
나도 하얗게 떠오를 수 있을까.

칼국수 곱빼기

가난한 부모의 자식이라
배가 고팠다
대학 식당의 밥은
자비롭지 못해
딱 낸 값만큼만 시장기를 눈감아 주었다

학생은 늦은 밤까지 구두를 팔았다
텅 빈 위장에
발효된 하루의 냄새가 가득 들어차
헛구역질이 구역구역 올라올 즈음
광주고속 터미널 맞은편 여울목 식당에 들어가
칼국수 한 그릇을 사 먹었다
허기진 청춘이 가여워서였을까
사장님이 국수 한 사리를 더 넣어주었다
아마 그날 밤은 깨지 않고 잘 잤을 것이다

문학 박사 학위 받은 것을 축하받던 고깃집에서
여울목 사장님을 다시 만났다
눈물은 놀랄 만큼 빠르게
이십여 년의 시간을 반죽해 주었다

>
옹이구멍처럼 패인 청춘의 굶주림을 메워준
뽀얗고도 무심했던 칼국수 한 대접
배고픔 눈감지 않고 사리 곱해
곱빼기로 내어준 높은 마음씨.

어묵탕 한 사발

경기도 포천군 유곡리 극동 산업
최흥복 형은 스위스 요리학교로 유학 보낸
이복동생 학비를 보내느라
플라스틱 통 성형기 앞에서
플라스틱 비즈가 녹는 비릿한 냄새와 산다
10초 간격으로 토해 내는 통을 따라
화폐 공사도 돈을 뱉어내지만
플라스틱 알갱이처럼 손가락 사이로 빠져나간 돈들

불뚝 울화가 치미는 날
호주머니에 돈을 한 줌 집어넣고
의정부 시내 밥집에 닥치는 대로 들어가
인사불성이 되도록 술을 붓다가
무전취식으로 의정부 경찰서로 이송되어
즉결심판을 받는 일이 부지기수다
스스로 보호자가 되지 못하여
성 다른 아우를 증인으로 내세워
비린 판사 앞에서 머리를 조아리고
벌금 삼만 원을 내고 나오던 날 아침
스위스에도 햇살이 비추고 있을까

형은 얻어먹지도 못할 해장국을 동생이 끓이고 있을까

한낮이 되어 돌아온 유곡리 삼거리
포장마차 이모가 사연을 묻지도 않고 끓여 내온
어묵탕 한 사발
바다를 떠돌던 생선의 꿈을 떠먹으니
흐린 김 사이로 형제의 얼굴이 헤엄친다.

보리밥

제법 밥술이나 뜨게 된 즈음
사발 귀퉁이에 보리쌀 뷜라치면
이마에 냇물 천 자를 그리던 아버지의 삶을
번들거리는 도시는 이해할 수 없다

톡톡하게 알밴 배때기 뒤룩거리다
제 몸의 무게를 견디지 못해
발랑 뒤집혀진 이 같은 보리밥
어린 아버지의 반들거리던 가난

하나 마나 한 수저질
빈 공간을 채우는 공기처럼
있으나 보이지 않고
보이나 머무르지 않는
식도를 치받는 허기

목숨이 끊어질 듯해야
비로소 넘어진다는 보릿고개는
박제가 된 지 오래지만
더운 숨 멎을 때까지 가난을

줄서서 사 먹지 않았던 아버지

가난 체험 찾아 빌딩 골목을 순례하는
비만한 도회인의 참살이 훈장
생존이었던 이들에겐 치욕의 낱알이던
저 모질고 시커먼 밥알들.

산채비빔밥

전국 어느 산사 초입에서나 맛볼 수 있는
가장 평준화되고 모듈화한 음식
우리 산하의 푸새보다
글로벌 시대에 걸맞게
비행기 타고 배 타고 건너 들어와
베트남 이모가 차려주는 샴채뷔빈빱
아무 때 아무 곳에서 아무와 먹어도
결코 불평등하지 않은 안심의 먹거리.

게국지 유감

원래 게국지는
김장 버무려 넣고 남은 절인 배추 우거지에
칠게나 박하지로 담근 게장
절구에 퉁퉁 찧어 넣고
게장 국물 간간히 부어 버무린 김치입니다
곰새기 끼도록 두었다가도 먹지만
양념 묻으면 대강대강 뚝배기에 지져내어
한 끼니 반찬 흉내를 내던 음식이지요

막 불러 먹어도 억울할 것 없던 게국지가
충청도 서산을 대표하는 음식인 양
환골탈태하게 된 것은 순전히
게국지 어원도 모르는 무지렁이들이
텔레비전에 나와서 침을 묻힌 뒤지요
나라님이나 뜯게 생긴 커다란 꽃게를 그릇 넘쳐 나게 올
리고 부글부글 끓인 것은
근본도 없는 게국지가 아니라
꽃게 우거지탕이라 불러야 마땅합니다

얼굴에 분칠하는 것들 믿을 수 없지만
음식에 분칠하는 것들 또한 큰 죄인입니다.

제4부 청춘

삼경三更의 맛

은한銀漢이 삼경三更인 시대는
지금처럼 빡빡하지 않았을 것 같아
정시 정각의 숨 막히는 쫓김 대신
삼경三更에 보세 하면
정각에서 앞으로 한 시간 뒤로 한 시간
멍텅구리같이 수더분한 숨통 있어서
하늘의 달도 별도 바라보고
따라온 강아지와 두런거릴
마음의 여유 있었을 것 같아

난 내비게이션의 도착 예정 시간을 기억하지 않아
그 시간이 각인되고
내비게이션이 제시한 시간 안에
목적지에 도착하지 못하면
마치 내가 세상에서 제일 쓸모없고
무능한 천치 바보로 느껴져
무장한 시간이 시키는 대로 살다 보면
차창 너머
시간의 모습을 볼 수 없기에
시간이 보기에 내가 조금 무능력해도
삼경三更의 지혜
삼경三更의 맛 음미하며 살아가고파.

유네스코 세계문화유산 등재 예정 목록

대한민국에서
가장 유명한 것 세 가지
바로
모텔과 십자가와 시인이라지

아랫도리 절절 끓는 청춘의 놀이터
바름에서 조금 비켜선 짜릿한 일탈
미끄덩거리는 허연 살덩이들
비성鼻聲 뒤섞어 헉헉 토하는 더운 숨 무덤

불멸의 매뉴얼 성경에 기댄
예수 주식회사
예수 합자회사
예수 유령 회사
예수 구멍가게
예수 노점
예수 난전

시인이라,

\>

흥!

유구무언.

어떤 명사

이렇게 무미건조한
팔색조의 명사라니

은밀하게 색정적인
사물이었다가
사람이었다가
무생물이었다가
생물이었다가
벌떡거리는 욕망의
말단이었다가
놀라움이었다가
상찬이었다가
조롱이었다가
모욕이었다가

이구아나의 목덜미처럼
제가 놓인 자리에 따라
슬며시 스르르
환골하지 않고

탈태하는

물건.

청춘

예산 장에 가본 적이 있나요?
5일과 10일마다 열리는 오일장이지요
내포 사람들이 본 세상의 모든 것이 다 있지요

조기 새끼 먹갈치 늘어놓은 생선전도 붐비고
막걸리 더운 취기와 순대 누린 김이
흥청망청 어지러운 광천댁네도 붐비고
꽃가라 신상 블라우스 내걸린 명희상회도 붐비지요

그러나 예산 장서 그중 붐비는 곳은
고등어 한 손 유모차에 실은 할매들이
우글우글 찔레꽃처럼 모여있는 꽃전이네요!

베고니아 꽃잔디 금잔화 애기 장미
수선화 히아신스 튤립
글라디올러스 아마릴리스 이름도 어려운 서양 꽃들이
잔꽃 무늬 웃옷을 입은 할매들과 흐드러지니
사람인지 꽃인지 분간할 수도 없네요

봄값 흥정이 한창이더니

검정 비닐봉지에 베고니아 두 포기
히아신스 세 뿌리 아기차에 담아 싣고
쌍송배기 버스 정류장으로 느릿느릿
눈 깜짝할 새 날아오른
소화素花들!

소주병

버려짐을 노여워 말아야 하리
그것이 운명일지니
울컥울컥 내장이 쏟아지는 고통
벼락의 뜨거움 지나간 후
빈 몸에 뜨거운 불 담겨
불의를 응징하는 무기 되거나
가난한 시인의 식탁
망초꽃 한 다발 꽂힌 꽃병 되리니
터져 오르는 울음 틀어막고
버려지는 것이 아니라 비워지는 것
불타는 가슴을 달래는 네 눈물
고마워 너를 버리지 못한다.

제 몫

트랙터 칼날에
난도질당할 기미가 보이면
스스로
제 몸의 힘줄을 끊고
영글지 않은
씨앗을 뱉어내어
가계家系를 잇는
매화마름

사채를 이기지 못한 중년의 사내가
잠자던 아이들을 죽이고
아내도 죽인 후
베란다 너머로 투신하였다는
아침 뉴스를 들었다.

절실함에 대하여

아버지는 내가 다리를 꼬고 누우면 무겁고 낮은 소리로 말씀하셨다 사내는 다리를 꼬고 누우면 못쓴다 생물도 안 배운 아버지는 어찌 알았을까 새끼처럼 말려 올라간 다리를 풀어 사타구니 틈 아기씨주머니를 차갑게 하여야만 좋은 종자를 얻을 수 있다는 사실을

아버지는 내가 책가방을 챙길 때 책등이 하늘을 보게 넣으면 낮고 무거운 걱정으로 말씀하셨다 책등이 바닥을 보게 넣어야지 자습의 힘으로 도무지 답을 얻을 수가 없던 내가 물었다 왜 그런가요 아버지 책등이 하늘을 보면 글자가 다 바닥에 쏟아지지 않느냐

글자가 바닥에 쏟아질까 두려워하는 아버지는 무학無學이었다 넘어진 가마니 아가리에서 쌀이 쏟아지듯 책등을 거꾸로 놓으면 그 안에 담긴 용기가 권위가 자랑이 당당함이 쏟아져 버릴 것이라 믿었던 것일까 글자를 쏟아내지 않고 잘 지키어 면서기라도 되어주길 바랐던 아버지의 소망이 아기씨주머니만큼 묵직하였음을 알게 된 것은 내가 아비가 되고 나의 자식이 내 나이 된 무렵이었다.

숨

　상성리에서 태어나 상성리에 솥을 걸었던 아비는 죽어서
도 상성리를 떠나지 못했다 혼자만 떠나지 못한 것이 아니
라 단 추억 하나 없는 자식들을 평생 상성리에 묶어두었다
주인 잃은 집은 온기를 뿜어내지 않음을 손님이 되어서야
알았다 사람이 집을 버리는 것이 아니라 집이 사람을 밀어
내기도 하는구나

　비명처럼 퍼붓는 농약이 숨구멍을 막아 명을 잘라 먹는
줄도 모르고 아비라는 죄로 영글지 못한 부리에 반포反哺하
던 젊은 아비의 소원은 마른 신발로 밥 벌어 먹는 자식을 두
는 것이었다 늙은 아비에게 마른 신발은 그것만으로도 권
력이었을 터이니

　45번 국도 늙은 어미가 쓸쓸한 저녁을 지내는 집을 지날
즈음 아비는 아비의 아비와 형제들과 함께 밤을 맞는다 아
비의 젖은 길은 맨발이었으나 아들의 마른 길은 네 발이다
아들은 서늘하다 단 한 번도 속력을 낮춰 아비의 이부자리
가 헐어 젖은 바람에 축축하지 않은지 궁금하지 않다 무덤
앞 마른 길을 지날 때의 온기가 아비의 더운 숨인 줄은 끝
끝내 모른 채.

유심

죽음은
산 자의 상처

내 아버지가 죽은 후
자장면이 금기였던 까닭은
자장면 한 그릇이
아버지가 죽기 전
마지막 소망이었기 때문입니다

해마다 흐드러지게 피어나는
망초꽃이 눈물짓게 하는 것은
옥천 가는 길 어디쯤
야트막한 남의 땅에
망초꽃 만발할 무렵 누운
친정의 아비가 그립기 때문이지요

창대하지 못하여 두렵지도 않은 것
겨우 자장면 망초꽃 따위
무심無心이 유심有心을 뒤집어쓰니

유감有感이 되는 무감無感

질기고 질긴 인연입니다.

오월

터럭 짙은 온갖 나무
발기勃起 탱천撑天하니
오월 산은 임신 중이다

산까치 둥지에도
부엉이 둥우리에도
해산구완을 하는 수컷의 부리가 닳는다

비릿한 사내 냄새를 풍기어
암컷들을 불러 모은 저 밤나무
낮도 밤처럼 뒤엉켰다가
불두덩 뜨겁게 얼크러졌다가
쩍쩍 벌어진 송이 사이로
때깔 좋은 아들을
후드득후드득 쏟아 내리니

소나무는 소나무끼리
상수리나무는 상수리나무끼리
소리 내지 않고 전율한다
비릿한 몸 내음에 온 산 취한다

\>

오월 산은 온통
산후조리원이다.

연어

과녁을 향해 돌진하는 화살
욕망의 물살을 헤치고 미끄러지듯
계곡의 내벽을 타고 오른다
활처럼 뒤틀리는 척추
숲의 비명, 새 떼 날아오른다
마지막 물벽을 넘는 절정
힘줄이 터질 듯 몰렸던 피
한꺼번에 빠져나가는 찰나
간지럽고 저릿한 쾌감
혼인색을 벗고 죽는다
평정의 어둠 속에서 잠자다
아침이면 다시 살아날
검붉은 생명의 나무.

나무의 원관념

지구의 견고한 중심

바람의 정거장

세기말의 증인

반란과 혁명의 증거자

삶과 죽음의 경계

죽음을 받아안는 유일한 안식처

가난한 사랑과 이별의 처소

아프고 아름다운 청춘의 타임캡슐

늙은 노모의 기다림

가진 것 없는 자의 기원

분노하는 이의 위로

보아도 보지 못하는 체

들어도 듣지 못하는 체

알아도 알지 못하는 체

묵중한 비밀의 핵

늙어도 아름답고

죽어서도 고귀한 유일의 것.

뭉클

이른 눈 내린 날 아침
바닷바람을 머금은
감귤 한 상자
노란 아우의 얼굴이
수화물 칸 안에서 떨다가
낯선 뭍에 내렸다

떨어져 나가는 살점 같아
껍질을 벗기기조차 안쓰러워
손안에 가만히 굴리다 보니
아우가 미지근하게 웃는다

까만 해풍이 어루만진
얼굴을 본 것이 언제였는지
끼니는 거르지 않느냐
잔기침에 약 수발이나 받고 있느냐

내 배부른 무심이 부끄럽게
철을 잊지 않고 보낸 귤 한 송이

뭉클,

가슴에 노랗게 꽃으로 핀다.

꽃, 벗다

요, 요
요망한
야광주 입에 문 밤
앙가슴 동여맨 치맛말기 풀곤
다섯 꼬리 살랑 떨어
연분홍 살내 풍기며
정신 아득하게 하더니

요, 요
요망한
성긴 바람에 녹엽 뒤로 사그라져
숫사내 가슴에 숯 자국만
앵앵 화로 남기다니!

두 삶

박현과 박종덕은
이명동인異名同人이다

박현은 불을 품고 살지만
박종덕은 칼을 품고 산다

박현은 혼자서 눈물을 마시지만
박종덕은 혼자서 공포와 싸운다

박현은 온전한 날개로 창공을 꿈꾸지만
박종덕은 윙-컷wing-cut한 날개 흔만 있을 뿐이다

박현은 무한개無限箇의 맹안이지만
박종덕은 외눈을 지녔을 따름이다

박현은 들끓어 넘치는 대낮이구나
박종덕은 새벽처럼 고요하여라.

눈물의 아비투스

남기택(문학평론가, 강원대 교수)

1. 미적 거리화의 구도

　팬데믹이 시간과 공간을 잠식하는 날들이었다. 이동에 대한 감각을 봉쇄당한 인류는 속수무책 제자리에 머물러야 했고, 첨단 기술을 총동원한 자본 역시 백신 표본을 생산하는 데에만 한 해 전부를 소비할 수밖에 없었다. 문화의 기저를 발본적으로 뒤바꾼 역사적 사건임이 분명하다. 문학적 내면은 더욱 깊어졌을 줄 안다. 예술사의 메커니즘이 그러했듯이 머지않아 이 기념비적 시대를 숙성한 걸작들을 배출해 낼 것이다.

　박현의 세 번째 시집 『붉은 반함飯含』(2021)은 이러한 거리두기 시간을 산고로 치르며 세상에 나왔다. 물론 이 시집이 팬데믹을 소재로 한 것은 아니다. 두 번째 시집 『승냥이, 울다』(2015)로부터 6년에 이르는 창작 활동을 취합한 결과일 따름이다. 그럼에도 이번 시집에서 일종의 미적 거리에 대한 운산이 전경화된다는 점은 시사적이다. 관계를 가로막고 거리두기를 강제하는 삶은, 또한 시작詩作을 반성하고 상상력에 제한을 두는 에크리튀르의 실정은 항상-이미 현실이었다. 박현 시의 촉수 역시 이를 간과하지 않는다.

시집을 여는 순간부터 "6년을 매듭짓는 데 걸린 시간은 채 며칠이 되지 않았다"(「신간 안내 메일」)며 응축된 시간이 현시된다. 화자가 계산하는 단위는 시인의 첫 시집 『굴비』(2009) 이후 『승냥이, 울다』까지일 것이다. 공교롭게 두 번째 시집으로부터 『붉은 반함飯含』에 이르는 거리 또한 동일한 주기이니, 이 작품은 미래의 시간마저 사후적으로 소급하며 등장성을 체현한 형국이다. 모든 주기는 "시간의 관"이라는 범주로 묶이는데, 그 속에는 "죽은 아버지"와 "죽지 않은 어머니"를 위시하여 "번쩍이는 언어"와 "물살에 밀려난 나의 언어"가 뒤섞여 부유하고 있다. 앞선 시집들이 증거한 바 있듯이 가족 서사는 박현 시의 중요한 화소였다. 위 비유를 빌리면 한 편의 작품은 포자처럼 떠도는 언어에 아버지의 신체가 달라붙어 발아된 흔적일 것이다. 시작이 생명 탄생의 순간처럼 경이롭다. 시간의 관, 곧 기호와 혈연이 융합된 카오스의 장은 시작의 미궁과도 같다. 그 속에서 의뭉스러운 화자는 그저 "승냥이처럼, 울었다"며 이전 시집에 대한 오마주까지 각인시켜 놓았다. 이 또한 거리화를 다루는 시인의 재기라 할 만하다.

여기서 주된 정조이자 태도로서 '울음'이 부각된다는 점에 주목할 필요가 있다. 시상 전개 차원에서 우는 행위는 대상과의 거리화가 작동하는 방식에 해당된다. 이를테면 「울다」의 경우 화자는 "내가 알지 못하는 그대가/ 오늘 죽었다"며 보편을 에두른 상황 속에서 "그대의 상처가 나의 상처인 양" 울고, "그대도 나처럼 상처가 많았다는 사실" 때문에 울며, "한 오라기의 실수를 견디지 않은/ 순결 앞에서" 또다시 운다. 언어와 사건, 감정과 사물이 조우하는 각 지점에서 눈물이 개입되는 셈이다. 이를 근거로 눈물은 전유 대상이라는 자극에 반응하는 박현 시 특유의 분비물이라고 전제해 본다.

2. 견고한 오이디푸스

『붉은 반함飯含』에서 미적 거리화를 중재하는 주요 기제로 '여전한 아버지'의 호명을 들 수 있다. 혈연에 관한 원형적 심상은 서정시가 발원하는 보편적 맥락이기에 박현 시 너머의 관성이기도 하다. 그럼에도 '여전히'라 한 수식은 앞선 시집들에서도 가족사가 상상력의 원천으로 작동했던 까닭이다. 박현 시는 풍부한 감성으로 아버지를 재현해 왔다. 예컨대 "우르르 달려든 쇠꼬챙이에/ 몸뚱이는 산산이 부스러지고/ 앙상한 뼈와 해진 내장을 드러낸 채/ 누웠다/ 두 눈 부릅뜨고/ 누웠다// 아버지가/ 누웠다"(「굴비」, 『굴비』), "수덕

사 큰스님 같던 아버지는/ 양철 지붕 밑에서 오 남매를 길렀다/ 자식들은 소리가 가르치는 세상을 새겼다"(『양철 지붕』, 『승냥이, 울다』) 등과 같은 표현을 기존 시집들 속에서 쉽게 발견할 수 있다. 전유 빈도나 정동의 강도 면에서 아버지 형상은 비망록을 넘어 수사적 전략을 지시한다.『붉은 반함飯含』에서도 절대적 큰타자의 흔적은 깊고 짙게 드리워져 있다.

　　아버지의 삼 일이 알려 준

　　민망한 생의 감각

　　슬프기보다 더 질기고 진득한

　　허기짐

　　수저를 들고 슬픔으로 가장한

　　돼지국밥을 퍼먹고 있는 나로 인하여.

　　　　　　　　　　　　　　　—「어떤 부끄러움」 부분

　　제법 밥술이나 뜨게 된 즈음

　　사발 귀퉁이에 보리쌀 뷜라치면

　　이마에 냇물 천 자를 그리던 아버지의 삶을

　　번들거리는 도시는 이해할 수 없다

　　　　　　　　　　　　　　　—「보리밥」 부분

　　위 작품들은 아버지로부터 기인하는 화자의 윤리적 태도를 단적으로 드러내고 있다.「어떤 부끄러움」은 아버지 장례식을 치르면서도 허기를 채우기 위해 국밥을 먹고 있는 자신의 모습을 자조적으로 그린다. 혈육을 잃은 적멸의 고통 속에서도 "민망한 생의 감각"을 이어가야 하는 것은 화자에게만 국한된 비루함이 아니다. 그렇듯 이 작품은 구체적 경험을 통해 보편적인 실존의 모순을 적실하게 비유하고 있다. 「보리밥」에서는 보릿고개와 같은 한국식 농경문화의 역사적 상처가 아버지를 통해 사적으로 체현되어 있음을 고백한다. 화자는 보리쌀을 보면 앞머리를 찡그리던 아버지의 태도가 문명 너머의 본능임을 단언한다. 따라서 보리밥은 건강식이나 일종의 문화로서 순례 대상이 아닌 "치욕의 낱알"임을 자신의 감각으로 받아들인다. 이 역시 현대문명이 아우르지 못하는 개별적 상처의 실재일 것이다.

실존적 부조리에 대한 거리두기와 특정 먹거리에 대한 의고적 지향은 그 자체로 윤리적 태도에 비견된다. 인간이라는 존재자이기에 견지해야 할 감각인 까닭이다. 유념할 것은 이를 매개하는 계기로서 아버지의 이름이 가감 없이 드러나고 있다는 점이다. 정신분석학적으로 큰타자는 상징계 진입의 전제, 즉 인식의 계기인 까닭에 존재자에게 선험적 조건일 수밖에 없다. 그에 관한 충분한 전사를 그려왔음에도 다시 반복되고 있는 구도는 시적 상상력의 거점으로서 부권이 점한 전략적 위상을 재삼 확인케 하는 소이라 하겠다.

이 강력한 오이디푸스적 인식소에 의해 변주되는 의미망 속에 '상성리'라는 장소성이 자리한다. 「숨」에서 환기된 이곳은 "상성리에서 태어나 상성리에 솥을 걸었던 아비"의 장소로서 "죽어서도 상성리를 떠나지 못했"던 운명적 거처였다. 상성리는 자식들을 평생 묶어둔 인력의 장이기도 하다. 주인은 물론 장성한 자식이 흩어진 뒤에도 "무덤 앞 마른 길을 지날 때의 온기"를 영성으로 지닌 채 존재자들이 귀소하는 장으로 재현되고 있다. 고향이라는 로컬리티를 뿌리의 장소성으로 연출하는 박현 시의 주술이라 하겠다. 그 밖에 아비의 존재론은 문자관의 형성 과정에서 절정에 이른다.

> 글자가 바닥에 쏟아질까 두려워하는 아버지는 무학無學이었다 넘어진 가마니 아가리에서 쌀이 쏟아지듯 책등을 거꾸로 놓으면 그 안에 담긴 용기가 권위가 자랑이 당당함이 쏟아져 버릴 것이라 믿었던 것일까 글자를 쏟아내지 않고 잘 지키어 면서기라도 되어주길 바랐던 아버지의 소망이 아기씨주머니만큼 묵직하였음을 알게 된 것은 내가 아비가 되고 나의 자식이 내 나이 된 무렵이었다.
>
> ─「절실함에 대하여」 부분

무학인 아버지는 바로 선 글자의 태도를 소망하였다. 문해 능력의 부재가 문자의 정립을 적시한다. 비록 세속적 기복의 차원이었을지라도 '글자'를 매개로 한 욕망이라는 점에서 함의하는 바가 크다. 시인이 된 화자에게 있어 글자는 면서기류의 식자층을 전제하는 조건으로 한정되지 않는다. 언어예술 중에서도 가장 경제적인 방식으로 예술적 가치를 생산하는 시는 문해의 고차원적 수준을 상징한다. 시인이 된 자식에게 있어서 정위된 리터러시를 내면화했던 아버지는 개연성 높은 원체험의 존재이다. 아버지의 리터러시는 자식을 향해 시인으로서 운명을 예고하는 동시에 문학적 세계관을 형성하는 물리적 환경일 수 있다. 위 작품에서는 그러한 기연이 세대를 관통하는 '절실함'의 정동이라 표현된다. 무학의 아버지로부터 사역된 리터러시의 운명은 「절실함에 대하여」의 표면 깊숙이 자리한 극적 구도가 아닐 수 없다.

이와 같이 『붉은 반함飯含』 속에는 아버지의 절대 권위와 인식론적 매개 기능이 곳곳에서 발견되고 있다. 그렇다면 박현 시는 여전한 콤플렉스 단계에서 병적 징후를 앓고 있는지도 모른다. 시력 내내 큰타자와의 길항이 지속되는 양상은 시인 내면을 지배하는 진솔하고 원형적인 감각 질서를 방증한다. 한편 시적 상상을 구성하는 장치로서의 부권은 절실한 만큼 진부할 것이다. 박현 시편들이 오이디푸스 경계 넘어 스스로의 지평을 증거해야 할 실정적 국면이기도 하다.

3. 적멸의 층위

박현 시를 주관하는 오이디푸스 기제는 적멸을 향한 편집증적 경사를 낳기도 한다. 요컨대 '아버지'는 '죽음'에 대한 사유를 부른다. 적멸에 천착하는 다양한 이유가 제시되어 있는데, 그중 가장 간명한 시적 정언이 "죽음은/ 산 자의 상처"(『유심』)라는 식으로 발견된다. 이는 "내 아버지가 죽은 후/ 자장면이 금기였던 까닭"과 연동된다. 아버지라는 큰 타자가 주체의 금기를 낳고, 그에 따라 자아는 죽음의 사유를 일상화하는 구도이다. 이렇듯 오이디푸스와 죽음이라는 메인 모티프들은 필연의 고리로 연결되어 있다.

적멸의 사유는 자기 자신을 향할 때 그 수위의 진정성이나 시적 긴장의 강도가 더해진다. 시인은 죽음 자체보다 죽음 전후의 태도에 천착하는데 스스로의 경우에 있어서도 마찬가지다. 「문턱」의 경우 화자는 "열흘만 앓다 죽었으면 좋겠다"고 기원한다. 그 이유는 "남은 이들이 문턱을 넘을 준비"의 시간이 필요하기 때문이다. 자신보다는 타자가 치러야 할 애도의 제의를 위해서이다. 페르소나로서의 시인을 공고히 드러내는 지면은 자서일 것인데, 여기서 박현은 "절대 암흑의 시간"(『시인의 말』)인 '나'의 죽음에 대해 적었다. 그 죽음을 슬퍼할 사람은 오직 자신뿐이다. 이 비의적 문구를 앞선 작품에 대입하여 이해하자면 진정한 애도는 스스로의 몫이 된다. 시집 전반을 조타하는 눈물의 정조가 어디서 기원하는지를 시사하는 이정표이기도 하다.

죽음의 지정학은 다채롭게 변주된다. 박현 시에 따르면 적멸은 항상적 배경과 같다. 외롭게 죽음을 맞이한 이웃을 가리켜 "우리에게 바람이고 구름이고 이슬이고 달빛이었을"(『일상』) 존재라고 한다. 그것이 곧 '일상'이다. 바람과 구름과 이슬과 달빛과도 같은 타자들 속에 놓인 구성원이기에 그들과의 관련은 필연적이다. 이를 받아들이지 않는다면 삶은 비극이 된다. 혈육도 예외가 아니어서, 관계를 체현하지 않은 결과 "나는 자식의 손에 숨을 잃고/ 자식은 더 큰 죄인으로 죽겠구나"(「슬픈 반성문」)라는 패륜의 운명을 예언하기도 한다. 스스로를 향하는 적나라한 반성의 수준이라 할 만하다.

성찰 대상은 사회적 죽음 자체로 확장되기도 한다. 예컨대 소년 노동자에게는 허용되지 않는 3분이라는 짧은 여유를 두고 "열아홉 소년 노동자의 죽음을 잊은/ 비겁한 시간"(「삼 분」)이라고 묘사하는 장면을 볼 수 있다. 화자 자신을 꽃동네 장애인으로 치환하며 "나는 오늘/ 내가 죽었다는 부고를 신문을 통해"(「모박현랑가慕朴賢郎歌」) 듣는다는 공감각적 장치를 취한 경우도 있다. 이런 포즈들은 박현 시의 사적 멜랑콜리가 대사회적 영역으로 공전하고 있음을 증거하려는 시도일 것이다. 슬픔의 관성 혹은 눈물의 아비투스가 거느린 원심력에 비견되는 양태라 하겠다.

박현 시가 레퀴엠으로 변주되어야 하는 배경에는 적멸의 풍경이 보편화된 실정이 포함된다. 오늘날은 "사채를 이기지 못한 중년의 사내가/ 잠자던 아이들을 죽이고/ 아내도 죽인 후/ 베란다 너머로 투신하였다는/ 아침 뉴스"(「제 몫」)를 듣는 시대이다. 작품은 이 비극을 논 주변에서 스스로 힘줄을 끊고 씨앗을 뱉어 자생하는 매화마름의 물성에 비유한다. 하지만 죽음의 세태는 결코 서정적이지 않다. 그보다는 "기분이 나빴다 좋았다 섭섭했다 화가 났다 무시했다 욕했다 쳐다보았다/ 막장이 되어버린 오감의 끝/ 그래서 죽였다 죽여 버렸다"(「나노스Nanos의 선」)와 같이 죽임의 경계가 나노 수준으로 미세해지고 말았다는 풍자가 공감대를 자아낸다. 죽음 혹은 죽임이 하나의 문화가 되어버린 현실이다.

> 홍합과 오징어와 미더덕으로 육수를 내고
> 고운 고춧가루로 빛깔을 낸 붉은 국수
> 내 젊음의 빛깔 같은 짬뽕 한 그릇
> 당신이 베푼 반함이었습니다
> 염습殮襲도 수의襚衣도 없는 알몸
> 그래도 이승의 마지막 끼니로
> 저승길 배고프지 않게 반함하였으니
> 당신은 최고의 장의사였습니다
> 당신이 찾아오지 않았더라면
> 나는 잊히지 못하였을 것입니다
>
> ―「붉은 반함飯含」 부분

죽음에 대한 성찰은 이번 시편들을 관류하는 사유 방식 중 하나임이 분명하다. 형식적으로도 시집 표제로부터 '반함飯含'을 부각시켜 강조하고 있다. 표제작 「붉은 반함飯含」은 중국집 철가방을 무시했던 과거에 대한 반성을 수미에 배치하며, "내 젊음의 빛깔 같은 짬뽕 한 그릇"을 반함례로 베푼 '당신'에게 바치는 헌사이다. 앞서 본 「유심」에서는 성과 속을 겸비한 자장면이 전경화된 바 있는데, 여기서는 짬뽕이 그 상관물로 대체되고 있다. 부동의 서민 음식이라 할 대중적 중국요리를 내세워, 더더욱 비속한 어휘와 공상적 제의로 시상을 이끄는 「붉은 반함飯술」은 그만큼 적나라한 풍자 효과를 산파한다.

이 작품은 '무역회사 사장'이나 'IMF'와 같은 20세기 후반의 국가 부도 위기에 관한 보편적 상징물에 착안한다. 짬뽕에 관한 헌사를 비극적 현대사나 사회 구조적 모순에 접목시키는 방식이라 하겠다. 이러한 구조화는 하찮은 사물로부터 비롯된 죽음에 대한 사유가 자본이라는 정치경제학적 상상력에 닿아 있음을 역설하려는 박현 시의 기법이자 의욕일 것이다. 한편 독점자본의 모순은, 예컨대 영화 〈국가 부도의 날〉(2018)이 그러했듯이, 이항대립적 단순 구도로 묘파될 수 있는 대상이 아니다. 짬뽕의 반함이라는 재기를 차용한 우화가 비약을 함의할 수밖에 없는 하나의 이유이다.

지구의 견고한 중심

바람의 정거장

세기말의 증인

반란과 혁명의 증거자

삶과 죽음의 경계

죽음을 받아안는 유일한 안식처

가난한 사랑과 이별의 처소

아프고 아름다운 청춘의 타임캡슐

늙은 노모의 기다림

가진 것 없는 자의 기원

분노하는 이의 위로

보아도 보지 못하는 체

들어도 듣지 못하는 체

알아도 알지 못하는 체

묵중한 비밀의 핵

늙어도 아름답고

죽어서도 고귀한 유일의 것.

　　　　　　　　　　　　—「나무의 원관념」 전문

　죽음의 변주곡을 완성하는 작품 중 하나로 「나무의 원관념」을 들 수 있을 듯하다. 길게 병립되어 있는 명사형 시어들이 형식적으로 흐름을 형성하면서 내용적으로 나무의 절대 가치를 확증한다. 중심, 정거장, 증인, 증거자 등의 기호들이 스스로 온점이 되어 줄임표로 기능하는 듯하다. 생략 기호엔 문자로 재현되지 않은 나머지 가치들이 담겨 무한한 잉여를 생산하는 형국이다. 왜 그런지에 대한 구차한 서술이 필요 없는 정언명령들이다. 과도한 추상일 수도 있겠으나, 트리비얼리즘을 넘어서려는 운산은 서정시의 또 다른 운명이기도 하다.

　적멸의 수사학적 입장으로 이 작품에 주목하자면 삶과 죽음의 경계라는 비의적 실체를 현전키 위한 의도가 선명하다. 앞서 본 것처럼 박현 시에 있어서 죽음은 생과 공존하는 요소이다. 일상화된 적멸이라는 입론은 삶과의 동일한 경계 위에 죽음을 양립시킨다. 그런 경계는 어떻게 감각되는가? 위 작품은 나무라는 구상물을 제시한다. 나무의 물성과 그것의 정동이 곧 "삶과 죽음의 경계"라고 한다. 이와 같은 선험적 원관념들은 시학의 관점에서 성립 근거나 공감대를 확보하기 어렵다. 나무에 대한 절대적 신뢰가 전제되어 있기에 강제할 수 있는 작법일 것이다. 저 불가항력적인 단절 위에 생명의 나무 한 그루가 오롯이 서 있다.

4. 눈물 너머

나무의 상상력이 암시하듯이 박현 시가 적멸이나 멜랑콜리의 방식만을 고수하는 것은 아니다. 절대 가치의 보조관념이던 나무는 "아침이면 다시 살아날/ 검붉은 생명의 나무"(「연어」)와 같이 스스로 솟구침으로써 사라지는 연어의 원관념으로 변주된다. 죽음의 그림자 저편에는 그만한 부하로 날것의 생성이 자리하고 있다. 이는 적멸 너머의 영역이라 할 수 있겠는데, 「얼굴국」을 위시한 각종 먹거리가 시집한 부를 온전히 차지하고 있는 구성이 대표적인 외장이다.

그중 「열무김치」와 더불어 일련의 김치 열전은 흥미롭고 생동감 있는 발상으로 보인다. 시인의 오랜 자취 경험이 소급하여 구체성을 보증하는 소재이기도 하다. 이 국면은 박현 시편이 지닌 사적 역사의 성찰이라는 성격을 부각시킨다. 『붉은 반함飯含』을 자기 반영의 메타시로도 볼 수 있는 근거가 여기에 놓인다. "눈물 떨궈 버무린 오월의 열무김치"와 같이 예의 눈물이 동반된 채이다.

> 스무 살의 봄은 매웠다
> 막걸리 동산에서
> 시인의 꿈을 꾸던 동기가
> 삶은 살아가는 것이 아니라 살아지는 것이야
> 제법 어른스러운 말을 흉내 냈을 때
> 우리는 모르고 있었지
> 살아지는 것은 사라지는 것
>
> 지천명의 오늘
> 시인 친구의 말이 떠올라 맵다
> 그래, 살아지고 있구나
> 용기와 정의 대신에
> 비겁과 굴종만 남기고
> 자비와 연민 대신에
> 이기와 탐욕만 남기고
>
> 그래, 우리는 사라지고 있구나
> 불쑥불쑥 찾아드는 부끄러움 잊고
> 세상의 수모와 맞서지 않고
> 세상의 비굴과 대적하지 않고
> 외면의 용기를 홀로 배운 채.
>
> ―「다 살아지리라」 전문

역시 과거 경험을 소재로 한 위 작품에서 화자는 청춘의 시간을 회상한다. 스무 살 봄이 매웠던 이유는 흔한 청춘의 열병 탓이었을 수도 있겠고 일상으로 교정을 잠식하던 페퍼포그 가스 때문이기도 했을 것이다. 묘사되고 있지 않지만 이십 대 낭만들은 어떤 매운 작용에 눈물샘이 자극된 상태로 짐작된다. 이들이 처한 장소인 '막걸리 동산'은 시인의 모교 인문대 근처 솔밭 언덕을 가리킨다. 청년 시절의 추억을 상징하는 장소성을 지닌 곳이다. 여기서 화자는 동기와 더불어 살아감과 살아짐에 대해 논한다. 이것이 결국 사라짐의 과정이라는 것을 깨달은 것은 수십 년 시간이 흐른 뒤이다. 그 시간들 속에는 용기와 비겁, 자비와 이기 사이에서 번민하는 무수한 순간들이 명멸했을 터이다.

극심한 두통의 원인으로 진단하고 있는 과거 기억을 도려내 보아도 "그런데 왜 눈물은/ 마르지 않는 걸까?"(「도려내다」)라고 반문하는 도처의 박현을 본다. 잦은 눈물은 곧 과잉된 감정의 증거이기도 하다. 실제 종덕이 형은 술을 많이 마셨고, 술을 마시면 자주 울었다. 막걸리 동산에서 울고, '계룡분식'으로 옮겨 울고, '횃불마당'에 가서도 울었다. 일상적 수사에서도 톤이 높고 기복이 심했다. 눈물과 요설은 사적 역사가 계기한 개인의 인격이겠지만, 그가 속한 공동체에서는 치열했던 1980년대의 끄트머리를 견디는 순수이자 위무였으리라. 인간 박종덕과 함께하는 눈물의 아비투스는 운명처럼 시인 박현의 것으로 투사되었다.

"터져 오르는 울음 틀어막고/ 버려지는 것이 아니라 비워지는 것/ 불타는 가슴을 달래는 네 눈물/ 고마워 너를 버리지 못한다"(「소주병」)와 같이 술병의 물성에도 눈물이 각인되어 있다. 눈물의 정서가 시인을 연상하는 대표적 물성이라면 자화상은 보다 직접적으로 주체를 반영한다. 다양한 시편들이 시인의 자서를 그린다. 시집을 여는 「신간 안내 메일」의 강렬한 자의식도 그렇고, 말미에 배치된 「두 삶」에서도 "박현은 혼자서 눈물을 마시지만/ 박종덕은 혼자서 공포와 싸운다"는 선언으로 분열된 얼굴을 자처하는 포즈를 취한다. 야누스 혹은 도플갱어의 형상이 시집 앞뒤를 감싸고 있다.

가난한 부모의 자식이라
배가 고팠다
대학 식당의 밥은
자비롭지 못해
딱 낸 값만큼만 시장기를 눈감아 주었다

학생은 늦은 밤까지 구두를 팔았다
텅 빈 위장에
발효된 하루의 냄새가 가득 들어차
헛구역질이 구역구역 올라올 즈음
광주고속 터미널 맞은편 여울목 식당에 들어가
칼국수 한 그릇을 사 먹었다
허기진 청춘이 가여워서였을까

사장님이 국수 한 사리를 더 넣어주었다

아마 그날 밤은 깨지 않고 잘 잤을 것이다

문학 박사 학위 받은 것을 축하받던 고깃집에서

여울목 사장님을 다시 만났다

눈물은 놀랄 만큼 빠르게

이십여 년의 시간을 반죽해 주었다

　　　　　　　　　　　　　—「칼국수 곱빼기」부분

　위 작품은 시적 배경이 되는 역사적 사실과 시인의 감성,
시어의 발현 방식을 전형적으로 드러내고 있다. 시인은 고
학생의 표본이었다. 억척스럽게 학비를 벌었고 어느 날 '여
울목 식당'에서 칼국수 사리를 얻어먹었나 보다. 그 인정의
배려를 잊지 않는 감성만으로 스스로 시가 되었다. 여기서
도 눈물은 과거와 현재의 형해가 각인된 한 편의 자화상을
완성시키고 있다.

　메타시 범주의 정수는 무엇보다 에크리튀르 자체에 관한
반성 차원일 것이다. 견고한 자의식과 스스로에 대한 오마
주의 욕망이 메타시를 이끌고 있다. "요새 글 쓰는 자들은/
글자 부리는 것이 얼마나 두려운가/ 깨닫지 못하고 싸지른
다"(「글 쓰는 자들에게 고함」)는 일갈은 과감한 언명이다. 거듭
해서 자신도 포함될지 모를 여기餘技로서의 필명가들을 향
해 "제가 신탁을 내리는 무당이라도 된 양/ 제 기분 내키는
대로 글 싸지른다네"(「글 쓰는 자들에게 다시 고함」)와 같은 독설

을 거침없이 퍼붓는다. 이런 표현들은 글쓰기에 관한 또 다른 에크리튀르라는 점에서 메타 반성의 전형적 방식을 보여준다. 염결한 시어를 향한 용기 있는 고해가 아닐 수 없다.

시인은 자신의 문학적 지향에 대해 "교육받지 않은 독자가 읽었을 때 '내 얘기 같다'며 때로는 울고 웃을 수 있는 시"(《대전일보》2009. 4. 29)라고 밝힌 바 있다. 좋은 시에 대해서는 "좋은 사람이 쓴 시"(「현문우답」, 『굴비』)라고 시화하기도 하였다. 이런 시학을 두고 현학적 이론을 대입하는 해석은 비본질적이다. 박현은 자신이 처한 현실을 스스로의 아비투스인 눈물로써 기꺼이, 진실되게 마주했을 뿐이다.

「모자母子 이야기」외 4편으로 당차게 등단(『애지』, 2007년 봄호)한 시인 박현은 어느덧 중견 반열에 들었다. 지금까지 박현 시는 완고한 내적 추상으로 조직되는 서정의 위계 위에서 작동해 온 듯하다. 사족이겠지만 비로소 타자의 얼굴을 개방할 시기가 무르익은 건 아닐까. 오늘날의 지적 사유가 예고하는 공동체 지평은 존재론적 수위를 넘어서는 다양한 가능성을 전언한다. 동일성 시학으로 수렴되는 서정시와는 근본적으로 상충하는 영역이다. 시가 품은 오래된 아포리아이기도 하다.

사라지는 삶에 대한 반성은 박현 시의 중요한 화두였다. 부재하는 삶의 지양은 용기와 비겁, 자비와 이기 등속의 낭만적 대립과는 다른 차원인 핍진한 경험 속에 현전한다. 이미 에크리튀르 자체에 계고장을 날리는 당당한 자의식이 시인 박현의 것이다. 중층결정의 순간은 눈물을 정제하고, 혈

연과 분리되는 계기를 동반하리라. 영원한 청년의 아비투스가 도달할 또 다른 지평. 주윤발(「주윤발, 첩혈쌍웅」)과 〈킬빌〉(「헛된 꿈」)처럼, 이번 시집으로 박제가 된 반함을 내뱉고 박현 시의 또 다른 생성이 도래할 순서이다.